roman rouge

Dominique et Compagnie

Sous la direction de

Agnès Huguet

Nicole Testa

Série Royaume de Pomodoro
Le tout-petit
trésor

Illustrations
Fil et Julie

Fiches pédagogiques des romans rouges

dominiqueetcompagnie.com/pedagogie

– des guides d'exploitation pédagogique pour l'enseignant(e)
– des fiches d'activités pour les élèves

Catalogage avant publication de Bibliothèque et Archives nationales du Québec et Bibliothèque et Archives Canada

Testa, Nicole
Le tout-petit trésor
(Série Royaume de Pomodoro)
(Roman rouge ; 63)
Pour enfants de 6 ans et plus.
ISBN 978-2-89512-972-1
I. Fil, 1974- . II. Julie, 1975- .
III. Titre. IV. Collection : Testa, Nicole.
Série Royaume de Pomodoro.

PS8589.E843T68 2011 jC843'.54 C2010-941115-3
PS9589.E843T68 2011

Dépôts légaux : 1er trimestre 2011
Bibliothèque et Archives nationales du Québec
Bibliothèque nationale du Canada
Bibliothèque nationale de France
ISBN 978-2-89512-972-1
Imprimé au Canada

10 9 8 7 6 5 4 3 2 1

Direction de la collection et direction artistique :
Agnès Huguet
Conception graphique :
Primeau Barey
Révision et correction :
Danielle Patenaude

Dominique et compagnie
300, rue Arran
Saint-Lambert (Québec)
J4R 1K5 Canada
Téléphone : 514 875-0327
Télécopieur : 450 672-5448
Courriel :
dominiqueetcie@editionsheritage.com
Site Internet :
dominiqueetcompagnie.com

Nous remercions le Conseil des Arts du Canada de l'aide accordée à notre programme de publication. Nous reconnaissons l'aide financière du gouvernement du Canada par l'entremise du Programme d'aide au développement de l'industrie de l'édition (PADIÉ) pour nos activités d'édition.

Nous reconnaissons l'aide financière du gouvernement du Québec par l'entremise du Programme de crédit d'impôt pour l'édition de livres – SODEC – et du Programme d'aide aux entreprises du livre et de l'édition spécialisée.

*Pour Lorie Mailloux...
une histoire qui fait grandir
jusqu'aux nuages.*

Pour Ghislain et son boulou...

Chapitre 1

Le tout-petit trésor

Il existe, quelque part, un petit royaume comme tu n'en as jamais vu, le royaume de Pomodoro. Il est si bien caché que les voyageurs qui veulent s'y rendre passent tout près sans le voir. Pour le repérer, il suffit de suivre l'odeur de tomate. Un parfum de bonheur provenant d'une forêt d'arbres à tomates qui entoure le royaume.

Mais il n'y a pas que les tomates qui rendent les Pomodorois heureux.

Il y a Timoté, le plus petit des enfants. Il a une peau de satin, des yeux comme des perles en chocolat et un cœur d'or. Les Pomodorois qui disent joliment les choses l'appellent le tout-petit trésor. Hélas, Timoté a des os en pâte feuilletée. Ses jambes sont aussi fragiles que des brins de paille.

Il ne peut ni marcher, ni sauter, ni courir. Le roi lui a fabriqué un fauteuil dans lequel il peut se blottir sans crainte de s'abîmer. Au creux de son écrin, Timoté joue des airs de musique sur son tipétilli. Il passe ainsi de longs moments à observer les autres enfants. Parfois, il dit au roi :

– Je veux marcher !

– Tu es TROP petit, lui répond le roi.

– Je veux sauter !

– Tu es TROP fragile.

– Je veux courir !

– Tu es TROP précieux, insiste le roi.

À force d'être immobile, le tout-petit apprend à jouer dans sa tête. Là, il peut marcher aussi longtemps qu'il le désire. Il peut sauter jusqu'au ciel. Et il peut courir plus vite que le vent. Mais un jour, l'humeur de Timoté s'assombrit. Il ne veut plus être gardé comme une pierre précieuse. Son cœur est à l'orage. Sa voix résonne comme le tonnerre, donnant la chair de poule aux tomates.

–JE VEUX GRRRANDIRRR ! Jusqu'au sommet de l'arbre à pourpettes ! mugit-il.

Catastrophés, tous les Pomodorois rejoignent Timoté.

–Tu es TROP petit, TROP fragile et TROP précieux, rétorque le roi.

–Je déteste les «trop» ! Je les ratatine et les piétine jusqu'à ce qu'ils soient aussi petits que des crottes de souris !

–Voyons mon trésor, reprend le roi.

—JE NE VEUX PLUS ÊTRE UN TRÉSOR!!! rugit Timoté, hors de lui.

Les Pomodorois sont sous le choc. Ils n'ont jamais vu leur tout-petit dans un tel état.

—Je crois que Timoté est prêt à grandir. Nous devons l'aider, dit Dame Pizzelle.

—Mais comment faire? s'inquiète Sorprésa.

—Je vais chercher une solution, déclare le roi.

Le roi disparaît dans le château. Il passe la nuit à faire tourbillonner ses idées. Au matin, il en ressort les cheveux ébouriffés, la couronne de travers et annonce joyeusement :

—Timoté, nous allons te construire une cabane au sommet de l'arbre à pourpettes !

Chapitre 2

La tête dans les nuages

Les Pomodorois se mettent au travail sans perdre une seconde. Une fois qu'ils ont terminé, ils hissent le tout-petit et son fauteuil jusqu'au sommet de l'arbre.

—Merci mes amis, murmure Timoté, ravi, en découvrant sa nouvelle demeure.

Les jours suivants, le tout-petit s'amuse à contempler les nuages que sculpte le ciel. Quand un nuage noir se pointe, il s'imagine chevauchant un terrible dragon :

– Cours, dragon ! Plus vite ! Au galop !

Quand des nuages blancs et bouclés s'attroupent à l'horizon, Timoté devient leur berger :

– Oulala ! Comme vous êtes lents ce matin, mes agneaux. Allez ! Venez ! On va jouer à saute-mouton !

Le soir venu, quand une écharpe de brume drape l'arbre à pourpettes, le tout-petit la cueille pour s'en faire une couverture. Il s'endort bien au chaud dans son refuge douillet.

Mais un matin, un air de tipétilli strident réveille tout le royaume. Tous les Pomodorois et les chiens à la queue hérissée s'élancent vers l'arbre à pourpettes.

–JE VEUX GRRRANDIRRR!!! mugit Timoté.

–Encore! s'impatiente le boulanger. On fait redescendre Timoté.

–JE VEUX GRRRANDIRRR JUSQU'AUX NUAGES!

–Tu es TROP... euh... c'est impossible! dit le roi.

–Siiiiiii! C'est possible! L'arbre à pourpettes m'a parlé du cueilleur de nuages. Lui seul peut réaliser mon rêve.

– Il habite au pied des monts Bleus, affirme Dame Pizzelle.

– Comment le savez-vous ? demande le roi, surpris.

– L'arbre à pourpettes me l'a dit.

– Ah bon ! ? Euh... Et c'est loin, les monts Bleus ?

– Il faut traverser la forêt des arbres géants, poursuit Dame Pizelle.

– Vous n'allez ppp… pas écouter les caprices du tout-petit ! ? pourpette le boulanger.

Mais Dame Pizzelle reprend :

– Il a besoin de grandir !

– Grandir… cela n'amène que des ennuis ! poursuit le boulanger. Et comment ppp… parcourir une aussi longue route avec Timoté sur nos épaules ?

Sans répondre, le roi disparaît dans le château. De nouveau, il passe une nuit emportée par une tornade d'idées. À la pointe du jour, il paraît devant ses sujets, les cheveux ébouriffés, la couronne de travers. Il claironne haut et fort :

– Transformons le fauteuil du tout-petit ! Il suffit d'y installer des roulettes ! Nous pourrons ainsi le tirer.

Chapitre 3

Le cueilleur de nuages

Le jour du départ, on attelle les chiens au fauteuil. Tous les Pomodorois suivent l'étonnant carrosse à la queue leu leu. La route est longue. D'abord, il faut traverser la forêt d'arbres à tomates, ensuite la forêt des arbres géants. Puis, le cortège arrive enfin en vue des monts Bleus.

– Oulala! Comme c'est haut!!! Les montagnes touchent aux nuages! s'écrie Timoté.

Plus ils se rapprochent des monts bleus, plus l'air se refroidit. Grelottant, le boulanger se désole :

– Nous n'aurions jamais dû quitter le royaume. Nous allons mourir de froid.

– Allez ! Un petit effort et nous y serons, l'encourage Sorprésa.

Au pied des montagnes, se dressent des tourelles sculptées dans la roche et coiffées de cheminées pointues qui fument.

– Un palais ! s'exclame le tout-petit.

– Comment peut-on vivre dans la pierre ? s'étonne Sorprésa.

– Brrrrr, grimace le boulanger, ça doit être glacial.

Ils aperçoivent un homme, à peine plus grand que Timoté, qui vient vers eux. Autour de lui, il y a un troupeau de chèvres au-dessus duquel volètent de minuscules boules de duvet bleu.

— *Bienvenou* aux monts Bleus, dit-il avec un drôle d'accent. Je *souis* Montépoul le cueilleur de *nouages*. Voici mes chèvres et mes amis les farfels. Que *pouis*-je faire pour vous, voyageurs ?

— Nous sommes venus demander votre aide, dit le roi. Notre tout-petit trésor rêve de grandir jusqu'aux nuages.

Montépoul esquisse un sourire bienveillant. Il invite les Pomodorois à entrer dans son palais. À l'intérieur, un feu pétille et rit dans l'âtre. Au centre de la pièce, se dresse une table garnie de plats appétissants. Et tout autour, des chambres abritent des lits aux édredons bien gonflés. Montépoul convie les Pomodorois à partager son repas.

—Quelles sont ces choses merveilleuses ? demande le roi.

– Des meringues de beau temps, des tartelettes aux baies de *nouages* et des cornets de brume glacée, dit Montépoul.

Le tout-petit, les yeux gourmands, est le premier à se servir.

– Hum ! C'est délicieux ! baragouine-t-il, la bouche pleine.

– Vous êtes un grand pâtissier, fait le boulanger, en connaisseur.

Pendant que les Pomodorois se régalent, Montépoul en profite pour expliquer comment on cueille les nuages.

– Il faut partir très tôt le matin et escalader la *plous* haute montagne. De là, nous grimpons *sour* les *nouages*. Avec l'aide des farfels, nous détachons des morceaux de *nouages* que nous déposons dans des paniers que les chèvres rapportent au palais.

– Que faites-vous avec toute cette récolte ? demande Timoté.

– La laine des *nouages douveteux* sert à confectionner des vêtements chauds, répond Montépoul. En faisant fondre les *nouages* floconneux dans *dou* lait de chèvre, j'obtiens un breuvage *souccoulent*. Quant aux *nouages peloucheux*, ils servent à garnir nos édredons. À présent, petit, si *tou* veux nous accompagner, il serait sage de te reposer, car nous partirons aux premières *loueurs* du jour.

Épuisés par leur longue route, les Pomodorois ne se font pas prier pour aller dormir.

Chapitre 4

L'ogre des nuages

Dès que le soleil se lève, les Pomodorois sont prêts pour l'aventure. Mais Montépoul les arrête.

– Vous ne pouvez pas entreprendre le voyage. Seul Timoté peut nous accompagner.

– C'est que... nous ne nous séparons jamais de notre tout-petit trésor, rétorque le roi.

– Désolé... Vous êtes tous trop lourds pour grimper *sour* les *nouages*.

– Eh oui ! TROP lourds ! fait Timoté en riant.

– Je crois qu'il est temps de libérer notre trésor, intervient Dame Pizzelle.

Le roi aide Timoté à revêtir un manteau et un bonnet. Il l'assoit dans un panier accroché au dos d'une chèvre. Montépoul ouvre la marche, suivi du troupeau qui bêle et des farfels qui gazouillent. Les Pomodorois regardent le tout-petit s'éloigner et disparaître sous le capuchon blanc qui enveloppe la montagne.

Après plusieurs heures de montée, la joyeuse bande arrive au sommet.

–J'ai grandi jusqu'aux nuages, s'exclame Timoté, émerveillé, tandis que Montépoul le dépose délicatement sur un banc de brouillard.

Pendant que tous s'affairent à remplir les paniers, le tout-petit tente de faire quelques pas. Miracle ! Pour la première fois de sa vie, ses jambes sont assez solides pour le porter !

Il marche, saute et court sur les coussins blancs. Timoté se sent léger comme une plume.

Absorbé par ses cabrioles, il ne réalise pas que les farfels ont cessé toute activité. Soudain, un grondement se fait entendre.

Montépoul se met à hurler :

— REVENEZ TOUS ! DÉPÊCHEZ-VOUS ! C'EST L'OGRE DES *NOUAGES* !

Timoté aperçoit, au loin, une ombre inquiétante qui grossit à vue d'œil. Affolé, il se précipite vers Montépoul. Mais un violent coup de vent l'éloigne du groupe.

–Hé ! Attendez ! Ne me laissez pas seul ! s'époumone le tout-petit.

–Reste bien accroché à ton *nouage* ! tonne Montépoul. Nous allons te sauver !

Timoté est terrorisé. Comment va-t-il résister, lui qui est si petit, si fragile, si précieux ? Il voit le nuage menaçant se transformer en une tête hideuse. Une bouche gigantesque s'ouvre et se referme, aspirant tout sur son passage. L'ogre approche en crachant des éclairs éblouissants. Entre deux coups de tonnerre, Timoté entend une plainte. Il distingue au loin une petite boule bleue. C'est un minuscule farfel en détresse ! N'écoutant que son courage, le tout-petit sort son tipétilli. Sa musique pourra peut-être dompter le monstre ! ? Mais les notes sont étouffées par des bourrasques de vent. Le souffle glacial de l'ogre projette les deux nuages l'un sur l'autre. Le tout-petit lâche son tipétilli et agrippe le farfel. Il serre l'animal contre lui et ferme les yeux. L'ogre ne fait qu'une bouchée des deux malheureux.

Chapitre 5

Le tout petit tout-petit trésor

Heureusement, Montépoul n'en est pas à son premier sauvetage. Il sait que tout ce que l'ogre avale finit par être rejeté. Aidé de ses fidèles farfels, il déroule une couverture nuageuse pour amortir la chute. Aussitôt les deux compagnons expulsés, il se précipite vers eux pour les emmitoufler. Il les dépose délicatement dans un panier porté par la chèvre. Le voyage de retour se fait en silence.

Arrivés au pied de la montagne, c'est le brouhaha qui les attend. Les Pomodorois sont très inquiets.

— Il pleuvait des cristaux de sucre géants ! ! ! souffle le boulanger.

— Nous avons imaginé le pire, lorsque le tipétilli est tombé du ciel, ajoute le roi, atterré.

On transporte les rescapés à l'intérieur du palais. Timoté a une jambe cassée et le corps couvert de bleus.

Le farfel, lui, est dans un état lamen-
table.

Timoté demande en grimaçant de
douleur :

– Comment va le farfel ?

– Pas très bien, répond Dame
Pizzelle.

– Je veux le voir.

– Oh non ! réplique le roi, tu n'es
pas en état de te déplacer !

–Ne vous inquiétez pas, rassure Montépoul. Aidez-moi plutôt à *loui* faire une attelle.

Une fois la jambe de Timoté immobilisée, on le dépose dans son fauteuil et le conduit au chevet du farfel, inanimé. Avec mille précautions, Timoté prend le minuscule animal dans ses bras. Il regarde les Pomodorois d'un air résolu.

–Je veux grandir ! dit-il.

–Quoi ? Ai-je bien entendu ? interroge le roi. Tu as grandi jusqu'aux nuages ! Que veux-tu de plus ?

–On a failli te ppp... perdre ! pourpette le boulanger.

Montépoul s'empresse de rassurer les Pomodorois :

–Le tout-petit veut grandir autrement.

–Je veux sauver mon ami ! déclare Timoté d'une voix décidée.

Pendant plusieurs jours, Timoté et le farfel dorment côte à côte. Timoté bécote son protégé, le dorlote, l'emmaillote. Il lui invente de jolis airs de tipétilli. Le farfel se rétablit complètement. Ils sont devenus si précieux l'un pour l'autre qu'ils ne veulent plus se quitter. Avec l'accord de Montépoul, le tout-petit ramène son minuscule trésor au royaume de Pomodoro.

Depuis, Timoté et le farfel passent beaucoup de temps la tête dans les nuages. Timoté n'est ni trop petit, ni trop fragile, ni trop précieux pour s'occuper d'un tout petit tout-petit trésor. Il est grand maintenant, même si personne ne s'en aperçoit. Je sais, ça semble farfelu. Mais tu peux me croire, puisque Pomodoro est un royaume comme tu n'en as jamais vu. D'ailleurs, une autre fois, je pourrai te parler du boulanger et de son secret pour rendre les pains heureux.

Dans la collection roman rouge

La fée crapaud

La reine sucrée